ACTES SUD - PAPIERS
Fondateur : Christian Dupeyron
Editorial : Claire David

Actes Sud - Papiers et le théâtre de Sartrouville, Centre dramatique national, se sont associés pour coéditer "Heyoka Jeunesse", une collection de textes de théâtre pour la jeunesse qui conforte les passerelles nécessaires entre l'éphémère de la représentation et la mémoire de l'écrit, et qui participe à l'émergence d'un répertoire théâtral pour l'enfant spectateur.

COLLECTION "HEYOKA JEUNESSE"

Normand Chaurette, *Petit Navire*, 1999.
Joël Jouanneau et Marie-Claire Le Pavec, *Mamie Ouate en Papoâsie*, 1999.
Jean-Claude Grumberg, *Le Petit Violon*, 1999.
Wajdi Mouawad, *Pacamambo*, 2000.
Mike Kenny, *Pierres de gué*, 2000.
Jacques Rebotier, *Les Trois Jours de la queue du dragon*, 2001.
Jean-Claude Carrière, *Le Jeune Prince et la Vérité*, 2001.
Guillaume Le Touze, *Les Nuits de Léo*, 2002.
Jean-Pierre Milovanoff, *Les Sifflets de monsieur Babouch*, 2002.
Gilles Abier, *Le Reflet de Sam*, 2002.
Mohamed Rouabhi, *Jérémy Fisher*, 2002.
Jean-Claude Grumberg, *Marie des grenouilles*, 2003.
Anne Sylvestre, *Méchant !*, 2003.
Joseph Danan, *Les Aventures d'Auren, le petit serial killer*, 2003.
Jean-Claude Grumberg, *Iq et Ox*, 2003.

ISSN 0298-0592 ISBN 978-2-7427-4576-0

L'ADOPTÉE

Joël Jouanneau
Illustrations de Vanessa Hié

théâtre

Collection "Heyoka Jeunesse"

Préface

Cette pièce pour enfants petits et grands, je la dois d'abord à un immense cinéaste, japonais, Ozu, et à l'un de ses films, *Récit d'un propriétaire*, datant de 1947, hélas peu connu. Il nous conte l'histoire d'un gamin quelque peu pouilleux, semble-t-il abandonné de son père, trouvé par deux hommes qui ne savent qu'en faire, et vont s'arranger pour le "livrer" à une vieille acariâtre du village, qui fera tout pour s'en débarrasser avant de finir par s'en accommoder. Mais alors que leurs liens, sous l'œil amusé des voisins, ne font que se resserrer, le père revient chercher celui que seule la guerre avait égaré. Et donc merci à Ozu, dont *L'Adoptée* est une, à la fois fidèle et lointaine, adaptation.

Cette pièce, je la dois aussi au petit village de mon enfance, village du centre de la France où il ne se passait jamais rien, ou à peu près, et pour les habitants cet à-peu-près-là était encore de trop, tant était grande la peur de l'étranger, surtout s'il lui prenait, à cet étranger, l'idée saugrenue de venir frapper à votre porte pour vous proposer le rempaillage d'une chaise ou la vente d'un panier d'osier. Et s'ils n'étaient, ouf, que de passage, ces bohémiens étaient inévitablement accusés de voler, non seulement les poules, mais les enfants. Et, bien sûr, il nous était interdit de les approcher.

Je ne pense pas toutefois que ce soient ces seuls souvenirs qui m'aient au demeurant conduit à l'écriture de la pièce. Il s'est d'ailleurs passé pas mal de temps entre ma première rencontre avec un enfant tzigane et la vision du film d'Ozu, puis entre celui-ci et le passage à l'écrit. Non, c'est plutôt la torpeur et aussi la colère, qui auront été à l'origine du déclic. La torpeur, c'est celle consécutive à la présence au second tour de l'élection présidentielle de ce candidat qu'un ami écrivain appelle "le borgne à la bouche veule". La colère, c'était d'apprendre que dans ce même petit village de mon enfance près d'une voix sur trois s'était reportée sur lui, et j'ai alors pensé que rien ne changerait donc jamais. C'est en réaction à ce fatalisme-là que j'ai commencé la pièce, de fait deux mois après.

Car je les connais bien, ces voix aigres, elles ont bercé mon enfance, et il ne me servirait à rien de me mettre du coton dans les oreilles, je les entendrais encore, elles ne me quitteront pas. Aussi, après la colère, le désir de les comprendre m'a pris, et j'ai perçu l'amertume, les peurs, les frustrations et surtout les cris enfouis dès l'enfance, enfances presque toujours solitaires, sombres et interminables. C'est alors que m'est revenue la vieille acariâtre du film d'Ozu, et sa relation plus que tendue avec cet enfant égaré et tout aussi pauvre qu'elle. Je lui ai cherché une vieille équivalente de mon village, et je l'ai trouvée dans le grenier dévasté de ma mémoire, elle était troglodyte et s'appelait Marie, je l'ai appelée Procolp, allez savoir pourquoi, je me suis surtout souvenu de son parler, et je l'ai fait se confronter avec ce premier enfant tzigane rencontré sur une vicinale, cela doit faire plus de cinquante ans, et leur combat a commencé. C'est ensuite seulement, au cours de cette aventure qu'est l'écriture, que j'ai compris que si elle ne voulait pas de lui, ce serait donc elle, l'adoptée. Le reste, et c'est peut-être l'essentiel, ne fut que musique.

JOËL JOUANNEAU

Personnages

Procolp (la vieille)

Badine

Tom (l'enfant qui ne parle pas)

L'Homme

L'Adoptée a été créée le 17 janvier 2004 au Théâtre d'Evreux, dans une mise en scène de Joël Jouanneau.

1.  Lundi

Un rideau rouge. Une tête dans un halo : Badine, au public.

BADINE

Hep, dites là, les trois
vos oreilles, si vous me les prêtiez ?
si oui je pourrais, je veux dire toi aussi là-bas
tout comme eux tu peux
ne rien dire, tous, j'autorise
voilà, j'aime mieux ça, là, vous y êtes ?
moi aussi
alors rideau, c'est parti !

La tête sort du halo et ouvre le rideau.

Et donc et tout comme le mien, les gamins,
votre œil, il voit quoi ?
un toit plutôt bas, voire très bas c'est ça
ardoisé ou tuilé ?
toi l'ahuri je t'ai rien demandé
tuilé on va dire
avec cheminée, porte et fenêtres mieux qu'étroites
et devant ?
une cour comme de ferme
avec vieux fauteuil, bon à tout excepté s'asseoir
une chaise aussi oui, mais boite d'un pied
petit banc bricolé, cageots à poules ou pinard
pompe à eau, abreuvoir, etc.
bref et en résumé, ce que l'œil ne voit pas le nez le dirait :
la pauvreté qui vit là !
la pauvreté oui
encore que la pauvreté parfois
elle cache son argent sous le matelas.

Une vieille sort de la maison.

Du reste, la pauvreté la voilà :
son chignon gris son fichu troué et son dos courbé
un air renfrogné
elle sent le renfermé non ?
Si on lui donnait un nom : Procolp !
ça vous va, Procolp ?
ou Paimpon ?
vous préférez Paimpon !

LA VIEILLE

Purlup, moi j'aime bien Purlup !

BADINE

Va pour Purlup, mère Procolp.

LA VIEILLE

Purlup j'ai dit.

BADINE

Procolp ! Tu verras la mère, tu t'habitueras, et puis son nom, on choisit pas, jamais, je m'appelle bien Badine moi ! Et depuis combien elle est là, d'après vous, la Procolp, tu dirais quoi toi là-bas, le jumeau, non, pas toi, l'autre ? Cinquante ? T'es gentil ! Trop. Et celui avec l'épi, oui, combien tu dis, quatre-vingt-dix ? Comme tu y vas ! Elle en dit quoi, elle, Procolp ?

PROCOLP

Vingt-six.

BADINE

Vingt-six tu dis vingt-six !

PROCOLP

Vingt-six.

BADINE

Je contredis. Tu offenses ta naissance.

PROCOLP

Si tu m'crois pas, lis !

Elle lui tend un vieux livret.

BADINE

Certifiée née l'année vingt-six !

PROCOLP

Du siècle d'avant !

BADINE

Et donc si je décompte…

PROCOLP

… ça fait un sacré bout d'temps !

BADINE

Soixante-dix-sept, disons soixante-dix-sept et on s'y tiendra. Et disons qu'elle serait née là !

PROCOLP

Comment ça disons, non mais dis-moi toi la voisine tu m'as déjà croisée ailleurs qu'ici ? Née dans la pièce du fond, ondoyée-baptisée dans l'abreuvoir, tu peux vérifier c'est sur le livret, fiancée-épousée dans la grange.

BADINE

Deux fois épousée !

PROCOLP

Et veuve ici aussi !

BADINE

Deux fois !

PROCOLP

Dame oui ! Le premier dans la cave, le second à la chasse ! Alors j'en réponds j'ai jamais quitté la maison. Et le temps, Badine, depuis vingt-six, qui sait s'il file !

BADINE

Si tu te taisais je pourrais le rattraper !

PROCOLP

J'ai compris, vas-y, poursuis !

BADINE

Procolp donc, la vieille Procolp nous avons dit soixante-dix-sept printemps, une d'ici n'en doutons pas, une pas commode, une grincheuse, une comme on voit hargneuse, qui s'époumone contre les chiens le facteur les soucis les enfants…

PROCOLP

Les enfants les soucis, même tracas, pas de ça chez moi !

BADINE

Et en dehors qu'elle râle tout le temps, à quoi elle l'emploie, son temps, la deux fois veuve madame Procolp ?

PROCOLP

Toujours pareil et identique toujours !

BADINE

Toujours oui, 6 heures déjà debout, 7 heures corvée de lait, 8 heures aux champs, 10 le ménage…

PROCOLP

Ben faut bien, faut bien !

BADINE

… 11 elle cuisine, 12 elle mange, 13 le journal, 14 la voilà repartie aux champs…

PROCOLP

17 corvée de bois…

BADINE

… 18 les poules…

BADINE ET PROCOLP

… 19 la soupe et au plume !

BADINE

20 heures au lit oui !

BADINE ET PROCOLP

Samedi et dimanche compris !

PROCOLP

Et demain comme aujourd'hui !

BADINE

Comme la veille, on dira demain !

PROCOLP

Comme la veille, pareil et toujours *idem* !

Et elle va derrière la maison, Procolp, vaquer à ses occupations.

BADINE

Idem oui exception ce lundi-ci, à l'heure, 17 précises, de la corvée de bois, ce lundi donc d'exception où un morpion, le voilà, se pose ici tout comme si c'était chez lui. Se tait. Se gratte.

Un gamin, soudain là, face à la maison, les mains dans les poches.

D'une taille disons courte, tout dépend du combien d'années il a derrière lui. A l'œil, toi avec les couettes, la chipie là-bas, tu dirais quoi ? Sept, dix ou douze. Sept, tu dirais ça toi, à l'œil. Va pour sept ! Ça va sept pour toi mon garçon ?
Se tait.
Contrarie pas.
Donc sept on dira.
Mais posé là, lui, on se demande bien pourquoi, vu que Procolp ne l'attendait pas.

Justement la voilà de retour, Procolp, avec un fagot de bois.

PROCOLP

Pas d'ici toi. Et pas chez toi ici. Alors tu t'en retournes d'où tu viens. Allez zou, file !

Elle rentre dans la maison. Regarde par le carreau. Ouvre la fenêtre.

Toujours là ! Tu viens renifler quoi par ici ? Y a rien à voler ! Veux-tu bien me ficher le camp. Dis voisine, tu le connais ?

BADINE

Du jamais vu.

PROCOLP

Doit bien avoir un nom.

BADINE

Tu en dis quoi, gamin ? Se gratte. Se gratte et se tait.
Je crois que pour le petit nom on va devoir faire sans lui. Tom, on va dire Tom. Ça te va, Tom ? Se tait. Qui se tait ne dit pas non.

PROCOLP

Et ce qui l'a pris de venir ici, le Tom ?

BADINE

Demande-le-lui.

PROCOLP

Alors ?

BADINE

Se tait. Doit être sourd !

PROCOLP

Dis-moi le mouflet, faut te le dire combien de fois : ici c'est chez moi, alors toi : demi-tour et en avant, ouste, une deux, une deux, une…

BADINE

Sourd, sûr qu'il l'est, mère Procolp, vu qu'il bouge toujours pas.

PROCOLP

Il a rien à faire là, sourd ou pas. Tu entends toi, tu déguerpis, dernière fois que je le dis, compris !

Elle lui parle un langage des signes bien à elle.

Ah ça te fait rire, attends un peu vaurien, attends j'arrive, et ce que tu n'entends pas, foi de Procolp, tu le sentiras !

Elle referme la fenêtre, sort, disparaît derrière la maison.

BADINE

Là, je serais toi, Tom, je ne serais déjà plus là, et si tu restes c'est que tu la connais mal, la Procolp, aimable comme une porte de prison, tu peux me croire, c'est une coriace la veuve, et elle a la colère enthousiaste.

Procolp de retour, agile comme un lapin, un fouet à la main.

PROCOLP

Je vais t'apprendre à conjuguer le verbe décamper, moi.

Le fouet claque mais le gamin est déjà loin.

BADINE

Pas la veille demain que tu le reverras !

PROCOLP

Du sang de manouche.

BADINE

A quoi tu le vois !

PROCOLP

Non mais des fois. Tu es de la dernière pluie, Badine ? De la ficelle comme bretelles, le soulier qui bâille, pas un kopeck, la main tendue, je te le donne en huit, si c'est pas du gitan c'est du tout comme. D'après le journal, ça nous arriverait de Romanie. Tout droit. Par cars entiers que ça nous arrive. Un orphelin, celui-là. A tous les coups. Tu lui donnes un œuf, il te vole la poule. Alors bon débarras.

Elle disparaît derrière la maison.

BADINE

Et elle s'en va Procolp, s'en va côté basse-cour, elle nourrit son monde la mère, elle veille au grain, pilou pilou du maïs pour la volaille, du chou pour le lapin et aujourd'hui hier *idem*, exception ce lundi-ci où comme on voit le revoilà le sans-famille le revoilà là où il devrait pas.

Tom est revenu, au même endroit précisément. Se gratte.

Tu devrais pas gamin, t'as bien vu comme elle est, une aigrie, une acariâtre comme on dit au pays, même que si tu oublies le circonflexe sur le *a*, elle, elle t'oublie pas.

Procolp réapparaît, un poulet déplumé à la main.

PROCOLP

Ça mais… pas Dieu possible ! Tous les toupets !

BADINE

Désolée Procolp, je crois que le fouet a pas suffi.

PROCOLP

Passe ton chemin j'ai dit.

BADINE

Bouge pas, lui. Se gratte.

PROCOLP

Quel garnement ! C'est-y qu'il y aurait du pétrole à c't endroit ! D'où tu viens ? D'Armanie ? C'est où chez toi ?

BADINE

Se tait.

PROCOLP

Détale. Détale ou tu vas dérouiller, c'est moi qui te le dis. Ah et puis si tu veux rester là, restes-y ! Mais ne t'avise surtout pas de venir jusqu'à la porte, ou je sors le fusil, compris.

Et elle rentre en claquant sa porte, la Procolp.

BADINE

Et il passe le temps et le soleil, il fatigue, il tire le store, il s'éclipse et la nuit fait son office et lui toujours il bouge pas, se tait lui, et moi je rentre chez moi et je vous laisse avec lui.

Du temps donc. La lumière dans la maison. Procolp au carreau. Qui épie. Disparaît. Revient faire le guet. Se décide enfin à sortir, un bol fumant dans les mains. Le porte au gosse.

PROCOLP

Tiens, pour toi. De la soupe à l'oseille. Attention ça brûle. Exprès. Et de plus, c'est amer. Exprès.

Retourne chez elle, Procolp, sans un mot. Et lui, il boit. Comme un jeune chiot. Puis pose le bol au sol et le voilà qui attend. Dans la maison, c'est sans lumière maintenant. Une demi-lune. Le cri du hibou. Plus tard, le carillon. 3 heures. Ah, la lampe qui s'allume dans la cour, la porte qui s'ouvre, et la Procolp sur le seuil.

Alors !
Faut peut-être que je te prenne par la main aussi ?
Tu rappliques oui ?
Et le bol, il va dormir dehors ?

Tom prend le bol, rentre dans la maison. Noir.

2.  Mardi

Déjà l'aube. Et Tom à l'abreuvoir, lavant à grande eau un drap, sous l'œil sévère de Procolp.

PROCOLP

Allez savonne, sale gosse.
Et frotte !
Ah tu peux être fier de toi.

Elle rentre dans la maison, sort un vieux matelas.

Regarde-moi ça !
Trempé.
Du quasi neuf.
Pas même vingt ans ce matelas.
C'est toujours pas tes parents qui vont rembourser.

Badine arrive, en bigoudis et robe de chambre.

BADINE

Je vois que tu as fini par l'héberger, voisine.

PROCOLP

Mal m'en a pris.
Toi, frotte ! Savonne. Et plus fort. Tu vas me fixer longtemps comme ça. Baisse les yeux quand je te parle ! Baisse les yeux. Effronté.

BADINE

Ce qui se passe, mère Procolp ?

PROCOLP

Ce qui se passe, voisine, veux-tu que je te dise ?
Pisse au lit ce morveux. Rince maintenant. Urine pire qu'un âne. Une vraie mare.

BADINE

Sait pas encore se retenir, le petit Tom ?

PROCOLP

Elle te parle, Badine.

BADINE

Il a retrouvé la voix ?

PROCOLP

Non, et c'est pas plus mal, serait fichu de répondre.
Tu veux mon doigt ?
Si encore c'était avec le pouce, mais non, avec l'index.
Va t'habiller maintenant.
Tu entends ?
Faut tout lui dire deux fois.

Il rentre dans la maison. Procolp met le drap à sécher sur un fil.

BADINE

Ce qui t'a pris aussi, Procolp, de le ramasser ?

PROCOLP

Un reste de pitié, faut croire !

BADINE

Et il te pisse au lit pour dire merci.

PROCOLP

Les gosses d'aujourd'hui !

Tom revient, habillé. Se gratte.

Monsieur est prêt ? Eh bien maintenant monsieur attend.
Et sagement.

Elle rentre à la maison.

BADINE

Tu en penses quoi, Tom, de tout ça ? Pas grand-chose.
Des papiers sur toi tu as ? Se tait. Pas de papiers on va

dire. Pas même un collier ce jeune chiot. Rude la vie pour toi, non ? Alors ?

Se tait, le chiot. S'assied sur l'abreuvoir. Se gratte.

Manouche ou romano ? Je sais, tu parles pas, mais avec la tête, un signe, tu peux, oui, alors, romano ? Tadjik ? Ouzbek ? Les vents d'est qui t'ont conduit là, non ? Ou tu nous viens de l'Assistance ? Une fugue ?

La Procolp de retour. Un vieux chapeau sur la tête, un panier du même âge à la main.

PROCOLP

Quoi ? Encore à me fixer ! Tu veux ma photo ?
Tiens, tu vas porter le panier.

BADINE

Où tu le conduis, mère Procolp ?

PROCOLP

Pas tes oignons, voisine.

BADINE

Dis voir toujours ?

PROCOLP

Non.

BADINE

A la gendarmerie ?

PROCOLP

Les gendarmes, moi. Tu oublies que mon premier était braconnier. Reste pas près de moi, toi, tu pues la pisse. A trois pas tu suis. Et en silence. Allez, en piste !

Et d'elle-même elle ferme le rideau. Badine derrière, la tête prise dans son halo. Les deux devant, marchant.

BADINE

Et les voilà sur la route
La vieille et l'enfant
lui derrière elle devant.

Et elle mène bon train, Procolp
elle va où nous on sait pas
fait signe au curé
ramasse trois champignons
musarde sur le pont
cueille les fleurs des champs
lui solide sur ses jambes
mollit pas suit se tait siffle parfois.

Sonne midi pile mais qui ici le sait ?
déjà trois bonnes heures que ça marche
là où l'on est le clocher s'entend pas
là le soleil est au fixe
le mouchoir transpire
la gourde a soif
et les mollets crient fatigue…

PROCOLP

… ouf, l'ombre d'un arbre…
… halte-là ! Sens-moi ça. On va manger. Assieds-toi. Plus loin, je sens plus le tilleul quand t'es près de moi. Et touche pas au poulet. Non mais tu sais que toi, vraiment. Pas pour toi que je l'ai plumé. Pour Fantoine. Et payé d'avance. Un œuf dur, nous. Dans le papier journal. Ça, oui. Chacun le sien. Et la miche aussi. Le quignon pour toi. Je sais, c'est pas Noël. Mais ça cale l'estomac.

Et les voilà mangeant en silence, et, tout en mangeant, la Procolp enlève souliers et bas.

Aïe, mon oignon. Mes pauvres pieds. Datent de vingt-six eux aussi. Tiens, pardi, une ampoule. Et allez donc, sa petite sœur. Manquait plus que ça. Plus trop pour moi ces randonnées. Dis donc gamin, tu marches bien toi, et je t'ai nourri ce midi, alors rends-moi service, sois gentil, tu vas aller me livrer la volaille. C'est plus très loin. A moins de trois coudées. Tu vois le sentier. Tu le suis. Jusqu'à la vicinale. Là tu prends à gauche. Le temps de compter jusqu'à cent vingt et un, tu verras un lieu-dit Les Agapes. En face du café, la forge, c'est la maison de Fantoine, attention en traversant, lui il doit être en pleine sieste, le réveille surtout pas, c'est un bourru Fantoine, sur la pointe des pieds tu entends, tu rentres et tu poses le poulet sur la table, à la place tu prends l'enveloppe bleue, c'est l'argent, il a l'habitude, tu prends l'enveloppe, tu reviens ici, et qu'il manque pas un sou surtout. Te sens pas obligé de courir, moi je repose mes pieds en t'attendant. Allez file ! J'oubliais : le long du sentier, tu verras des bleuets, ramasse-les, c'est pour Badine.

Il y va. Elle le suit des yeux. Mais dès qu'elle ne le voit plus elle remet bas et souliers au pas cadencé.

BADINE

Le gosse à peine disparu
voilà notre ampoulée miraculée
la Procolp remise sur pied
plus souple qu'un caoutchouc
leste comme un lièvre
fraîche comme un gardon
elle rebrousse chemin
en écrasant les champignons.

Trois heures à l'aller
deux à peine au retour
la gazelle traverse le ruisseau
ignore le sentier
coupe à travers champs
se signe pas devant la croix
et débarrassée de son boulet
sprinte à l'arrivée.

Et Procolp ouvre le rideau, gaiement, se retrouvant devant chez elle, Badine l'attendant.

PROCOLP

Toujours en bigoudis, toi ?

BADINE

Et le petit Tom, mère Procolp ?

PROCOLP

Disparu.

BADINE

Envolé ?

PROCOLP

Pas près de le revoir. Doit encore être à chercher Fantoine.

BADINE

Fantoine ? Connais pas de Fantoine dans la région.

PROCOLP

Le maréchal-ferrant des Agapes, tu connais pas ?

BADINE

Ma foi non.

PROCOLP

Moi non plus.

BADINE

Les Agapes, tu as bien dit Les Agapes la mère ?

PROCOLP

Un lieu-dit oui.

BADINE

Jamais entendu parler.

PROCOLP

Figure-toi que je l'ai inventé, voisine. Alors le Fantoine, crois-moi, il est pas près de le trouver.

BADINE

Mais ce qu'il va devenir, tu y as songé ?

PROCOLP

Advienne que pourra. Crèvera pas de faim toujours.
Je lui ai laissé le poulet.

BADINE

Doit s'être perdu dans la nature.

PROCOLP

Qui le trouvera s'en occupera.

BADINE

Si ce que tu dis est vrai, la mère, je crois que tu vas devoir le faire : retourne-toi.

Elle se retourne, la Procolp, et ce qu'elle voit : Tom, sur le perron de la maison, un poulet dans une main, des bleuets dans l'autre. Il les regarde, s'assied sur une chaise. Se gratte, visiblement très mécontent.

S'il n'était pas muet, je crois que cette fois tu l'entendrais.

3.  Mercredi

Procolp, dehors dans un fauteuil, feuillette un manuel scolaire tout en mangeant des fraises, alors que Tom est en plein travail, passant avec une brouette pleine, disparaissant, repassant avec un sac de blé sur le dos, allant au grenier, ressortant par la cave avec une brouette vide, et ainsi de suite…

BADINE

Ce qui a suivi cette nuit-là
chacun ici et toi aussi
oui toi l'engourdi
ce qui a suivi je reprends pour toi
tout comme l'engourdi
chacun ici voit ce qui a suivi :
un moins que rien qui galère
en plein air
sous l'œil sévère d'une propriétaire
qui lui fait réviser sa grammaire.

PROCOLP

"La conjugaison d'un verbe est l'ensemble des formes que ce verbe peut prendre. Ces formes sont classées en modes…" Modes ?

BADINE

Exemple : l'impératif – qui sert à exprimer un ordre.

PROCOLP

Parfait, l'impératif. "A l'intérieur de chaque mode on distingue des temps. Exemple : le présent, qui exprime un fait qui se déroule au moment où on le rapporte."

BADINE

Exemple : Procolp donne un ordre que Tom exécute.

PROCOLP

Superbe ce petit manuel, je crois que j'ai eu tort de quitter l'école moi, aussi, si tu me le permets, Badine, je vais poursuivre :
"Aujourd'hui, nous examinerons les verbes du premier groupe. Les verbes du premier groupe se terminent en er. Exemple : diviser le travail !"
Diviser le travail ? Ce que ça veut dire, voisine, tu le sais toi ?

BADINE

(Elle consulte un petit dictionnaire.)

Voyons… Distinguo… Divorce… Diversion… Ah voilà ! "Diviser le travail. Mode d'organisation de la production s'appuyant sur la décomposition du travail en tâches parcellaires et répétitives réparties entre plusieurs exécutants."

PROCOLP

C'est de l'embrouille ton dictionnaire, on n'y comprend rien.

BADINE

"Exemple : mon premier croise les bras, mon second travaille comme un forçat."

PROCOLP

Ah, c'est déjà un peu plus clair.

BADINE

Trouve un autre exemple, la mère !

PROCOLP

Tom ramasse les fraises, et moi je les mange.

BADINE

Je crois que tu as tout saisi, voisine !

PROCOLP

Et donc, je poursuis : "Dans les verbes du premier groupe, en er, citons également : retrousser…"

BADINE

… les manches.

PROCOLP

Transpirer…

BADINE

… à grosses gouttes.

PROCOLP

Balayer…

BADINE

… la cour.

PROCOLP

Semer…

BADINE

… les radis.

PROCOLP

Planter…

BADINE

… les patates.

PROCOLP

Ecosser…

BADINE

… les petits pois.

PROCOLP

Couper…

BADINE

… le bois.

PROCOLP

Traire…

BADINE

Désolée Procolp, mais tu fais erreur, traire est un verbe du troisième groupe.

PROCOLP

Oui, mais la bique, elle, elle se fout de la grammaire et elle attend pas, alors faut la traire quand même.

BADINE

Ce qui est un exemplaire cas d'arbitraire.

PROCOLP

Tu entends ça, l'arpète ? Puisque tu as décidé qu'ici c'était chez toi, conjugue-moi tout ça. A l'impératif ou au présent, au choix, l'essentiel est que ce soit du plus que parfait. Sinon c'est la cravache. S'il te plaît, dis Badine, tu me remplaces et tu me le surveilles, c'est bien simple tu fais tout comme moi.

BADINE

Et toi ?

PROCOLP

Je crois bien que je vais aller réviser le verbe ronfler.

Et la voilà rentrée chez elle, la Procolp, et Badine prend sa place, et observe Tom tout en mangeant des fraises.

BADINE

Allez petit, faut pas faiblir : après la cour l'étable, après l'étable le jardin, après le jardin la grange, après la grange le grenier, après le grenier la cave, et pour finir le fourneau, c'est beaucoup de boulot avant de faire dodo. Il en va souvent ainsi dans la vie. Celui qui se tait n'a pas assez des deux bras pour obéir à celui qui croise les siens et qui aboie.

Et Badine finit les fraises. Puis elle s'éloigne, laissant Tom seul. Le temps passe, les nuages aussi. Tom finit ses devoirs. Tiens, ce serait bien un orage au loin.

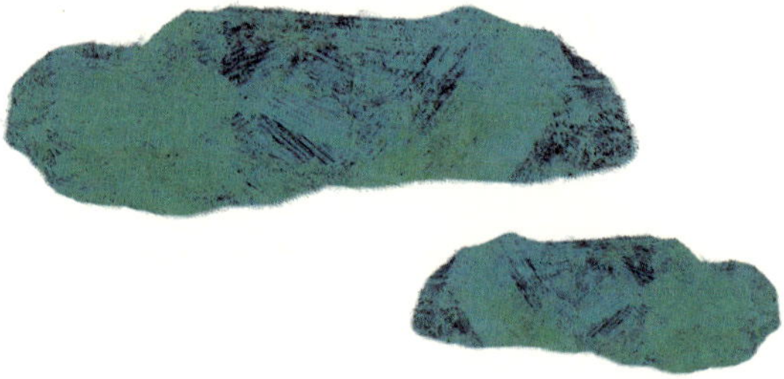

4. jeudi

La matinée bien entamée, Tom révise la dure leçon de la veille au présent de l'indicatif, lorsqu'il entend hurler. Il laisse là son sac de blé, et court se cacher dans l'abreuvoir. La Procolp sort furieuse de la maison, son fouet à la main.

PROCOLP

Attends un peu que…

Cherche le gamin, ne voit rien…

Non mais c'est à s'demander si…

… soulève le fauteuil, déplace les cageots…

Chameau ! Que j'te trouve et…

… va voir derrière la maison.

Cette fois ça va tomber !

Badine arrive, voit Tom sortir de l'abreuvoir et s'enfuir, puis la Procolp réapparaître par le grenier.

Serait pas venu se réfugier dans tes bras, voisine ?

BADINE

Tom ? Sortait de l'abreuvoir.

PROCOLP

La raclée qu'il va s'prendre ! Sale gosse. Remis ça, figure-toi.

BADINE

Encore !

PROCOLP

Le drap dans un état. Et mon matelas !

BADINE

Vu comme tu l'as carillonné la première fois, pas aujourd'hui que tu vas le rattraper ! Parti au diable.

PROCOLP

Qu'il le garde ! Hier soir déjà je te l'ai chapitré, mais bien alors.

BADINE

Ce qu'il t'avait encore fait l'animal !

PROCOLP

Ce qu'il avait fait ! Sifflé les fraises. Toutes. Je vois que ça te laisse pantoise. Plus une dans le panier. Et sans rien demander. On ne croirait pas à le voir, mais tout sifflé sans demander. De la graine de voyou. Et hypocrite avec ça. Pas moyen de le faire avouer, une tête de mule. Je te l'ai mis au lit sans souper.

BADINE

Ah mais fallait pas mère Procolp.

PROCOLP

Quoi fallait pas ? Fallait pas fallait pas quoi ?

BADINE

Pas étonnant qu'il ait pissé sur lui cette nuit.

PROCOLP

Explique-toi voisine.

BADINE

Pauvre Tom.

PROCOLP

Si tu le plains, c'est toi qui vas devoir laver les draps.

BADINE

Le malheureux !

PROCOLP

Explique-toi je te dis.

BADINE

Puisque c'était moi, mère Procolp.

PROCOLP

Puisque toi qui quoi toi tu ?

BADINE

Les fraises.

PROCOLP

Mes fraises, toi ! Et pourquoi que tu aurais mangé mes fraises ?

BADINE

Hier je t'ai vue le faire pardi !

PROCOLP

Et après ?

BADINE

Tu m'as demandé de te remplacer.

PROCOLP

Et lui que…

BADINE

J'ai fait tout comme tu faisais.

PROCOLP

… le pauvre petiot…

BADINE

Et toi tu l'as houspillé pour ça !

PROCOLP

… et moi qui…

BADINE

Parfois tu fais fort, la mère ! Pas besoin de chien ici, toujours tu aboies.

PROCOLP

Tais-toi ou je mords.

BADINE

Un vrai pitbull parfois.

PROCOLP

A savoir où il est maintenant !

BADINE

Pas chez Fantoine en tout cas !

PROCOLP

Caché dans l'abreuvoir tu m'as dit qu'il était. Doit être tout trempé à l'heure qu'il est !

BADINE

Jusqu'à l'os.

PROCOLP

De quoi attraper la mort ! Pauvre petit chat. Oh je me sens bien coupable moi d'un coup, j'ai mal partout. Dans le dos, au ventre, à la tête. Il faut que je le retrouve, Badine, il le faut, tu entends, à tout prix. Tom ! Tom ! Tom !

Et Badine ferme le rideau, et des yeux suit sa voisine.

BADINE

Et voilà notre harpie partie
à travers blés à travers champs
pas même lavée chignon défait
elle s'époumone la Procolp
et le nom de Tom partout résonne.

Affolée à mi-journée
on la voit elle interroge Gascon
le taureau aux cornes d'or
– dis voir si t'as pas vu mon gitan –
et Gascon lui meugle un demi-non.

A vêpres à demi folle
elle tombe sur Canaille
le poulain aux sabots de bois
– t'aurais pas croisé mon petit, dis –
et Canaille lui hennit un demi-oui.

Plus folle encore au kilomètre 62
elle s'adresse à madame l'oie
qui lui répond : couac couac couac
tête de mort la vieille trop tard
retourne à la case départ.

Déboussolée quand sonne l'angélus
elle ignore le barbelé
trébuche et se prend une bûche
se relève et rerecourt
puis s'enfonce dans la forêt.

Ne sachant plus même où elle est
de vraies ampoules aux pieds cette fois
dans la nuit de froid elle frissonne
épuisée elle pique du nez
et à la fièvre s'abandonne.

A grands coups d'ailes noires
un mauvais rêve l'enlève :
la voilà qui vole et survole

icebergs mers continents
quand soudain elle entend son gitan :

“Toujours tu donnes de la voix mère Procolp, toujours ta voix elle tonne, et quand ce n’est pas contre moi, c’est contre le monde, les voisins les chiens ou les enfants, mais ce qu’il t’a fait le monde, et ce qu’ils t’ont fait les enfants pour que toujours contre eux tu tonnes et donnes de la voix, moi je ne le sais pas. Ce que je sais, ce que je vois moi, c’est ce sac de larmes amères caché tout au fond de toi, et ce que je crois, mère Procolp, c’est que si tu le perçais, ce sac, et si tu les laissais couler tes larmes, tu donnerais moins de la voix et le monde s’ouvrirait à toi.”

Alors rêvant de son œil perçant
elle finit par le voir le gosse
au bord d’un sombre étang
ramassant des cailloux
dont il se remplit les poches.

Il entre dans l’eau noire Tom
il marche dans la vase il se noie
et d’horreur elle pousse la harpie
un cri que jamais on n’entendit
de mémoire de vivant.

Le cri de la Procolp dans la nuit. Un cri qui allume un feu de bois. Et l’on découvre Procolp endormie, et Tom est là, veillant sur elle. Il la réveille et elle sort de son mauvais rêve, le voit, s’effondre en larmes et le prend dans ses bras : “Mon petit, mon petit !”

5.  VENDREDI

La Procolp, nue dans l'abreuvoir, lavée savonnée par sa voisine, et le gamin installé lui dans le fauteuil, lisant un petit manuel tout en mangeant des fraises.

PROCOLP

… jamais me laver j'ai jamais aimé jamais ça je peux bien te le dire depuis feu mon mari je peux bien dire que jamais je me suis lavée ça jamais, la première fois depuis sa mort, le savon j'aime pas jamais mais faut bien faut bien, du second dont je te parlais de mari, voisine, le garde-chasse, le mort par accident, pas moi toujours qui l'ai tué encore que souvent vivre seule avec un qu'on n'aime pas ou seule sans personne c'est à se demander si des fois, pas vrai, mais pas moi qui ai tiré, jamais su viser, hé là doucement les oreilles Badine, pas avec le petit doigt j'ai mes cotons, le premier d'époux lui que je me lave ou pas il s'en souciait aussi bien que d'une guigne, il était plus sale que moi alors, propre ou non c'est du tout comme, il disait, ça change pas la tête, ce qui est vrai mais faut bien faut bien, ah ça pique la mousse dans les yeux voisine je te l'ai dit déjà ça pique attention bon Dieu, regarde-le lui, il est trognon non, regarde s'il est gentil, quoi ? tu vas pas me dire le contraire, un ange, non mais regarde comme il s'applique quand il lit, tu peux manger tout si tu veux, et si ça suffit pas, fils, tu vas direct te servir aux fraisiers, aïe toi, c'est ça profite voisine profite je te revaudrai ça, je lui dis fils tu me diras de quel droit, je sais que je ne devrais pas, je serais bien la première grand-mère à avoir jamais été mère, si c'est pas malheureux d'être si mal guenillé, le pauvre, je vais sortir la Juvaquatre et te l'emmener en ville, quand on reviendra il sera comme neuf,

demain tu nous feras une photo-souvenir Badine, j'ai un appareil au grenier, il date de vieux mais il doit encore marcher, tu entends gamin, la grammaire les adverbes et les subjonctifs, tout ça tu laisses tomber, de toute façon, comme il disait mon second, on apprend plus dans les haies que dans les livres du curé, alors va plutôt voir sous mon matelas, la petite boîte en fer-blanc dans les ressorts du sommier, tu devrais y trouver un gros billet…

Il y va, Tom il ne la contrarie pas.

… enfant moi aussi peut-être comme lui je pissais à même la paillasse la nuit comment savoir me souviens pas de rien un trou noir enfant… les parents *idem* tout comme me souviens pas si jamais eu ou nourrice va savoir me souviens pas de rien enfant… on dit bien que les temps difficiles à la naissance ça vous fortifie pour dans plus tard, mais comment savoir me souviens pas de rien un trou noir…

BADINE

(Elle lui plonge la tête sous l'eau.)

Je sais c'est un peu cavalier de lui couper le sifflet mais d'elle-même, et partie comme elle est, elle ne le pourrait pas, sans compter qu'avec son histoire de trou noir il nous faudrait graviter avec l'espace-temps, la théorie dite des pulsars et l'effondrement des étoiles, je parie que toi, la queue de cheval là-bas, tu en sais plus long que moi, bon bref, comme dit le proverbe, toute tête égarée dans un trou noir est difficile à retrouver, et si vous en êtes d'accord, on s'en tiendra là, mais à propos de trou noir, si vous vouliez fermer les yeux ça permettrait à la mère Procolp de sortir de son abreuvoir, et si vous ne voulez pas, alors vous ne verrez que ce que vous vouliez voir.

La Procolp sort nue de l'abreuvoir et rentre chez elle.

6. samedi

L'heure du crépuscule. Petits drapeaux, lampions, c'est jour de fête dans la cour de la ferme. Sur un petit banc, Tom, endimanché tel un communiant, observe Badine qui finit d'installer un bien étrange appareil photographique qu'elle s'efforce de faire fonctionner en suivant la notice.

BADINE

Petit 1 : poser le trépied sur ses pieds. Fait. Petit 2 : fixer l'appareil sur le trépied posé sur pieds. Oui.
Petit 3 : Observer dans le viseur le sujet, lequel doit être bien cadré. Recule le banc, Tom. Plus à gauche, encore, là. Bon, surtout maintenant tu ne bouges plus.

La Procolp sort de chez elle avec une ombrelle, habillée et maquillée comme jamais.

C'est carnaval ?

PROCOLP

Jalouse !

BADINE

On dirait une jument harnachée pour un défilé.

PROCOLP

Tais-toi toi ou je cogne.

Elle s'installe près de Tom et prend la pose.

BADINE

Petit 4 : Préparer dans le tube à essai le mélange dit de Chassepot, composé pour un tiers d'hyposulfite de soude, voilà, pour un tiers de fulminate, c'est ça, et pour un tiers de plomb fondu. Cours me chercher la casserole, Tom.

Il y va.

PROCOLP

Comment je suis, là ?

BADINE

T'as le nez qui coule.

Retour de Tom avec le plomb fondu.

Procéder à l'émulsion sans précipitation.

PROCOLP

Tu t'y retrouves ?

BADINE

J'ai fait des études, moi.
Ça sent la violette.

PROCOLP

Mon parfum.

BADINE

Petit 5 : verser le contenu de l'éprouvette dans la chambre noire par le biais de la culasse.

PROCOLP

La violette, Tom, tu aimes ?

BADINE

Petit 6 : vérifier que le sujet visé est toujours bien cadré. Ton nœud papillon, Tom, de travers.

PROCOLP

Tiens-moi le bras.

BADINE

Relève ton ombrelle, toi. Grand 7 : procéder à la mise à feu. Alors attention les tourtereaux, souriez, Tom, cesse de te gratter, on ne respire plus…

Soudain une fumée jaune et un boum impressionnant, la Procolp tombée du banc sur son séant, Tom courant se réfugier dans la cuisine, et Badine relisant la notice. La fumée dissipée, un homme est là, précisément au même endroit que Tom la première fois.

PROCOLP

D'où il nous sort celui-là ?

BADINE

Va savoir. Des Agapes !

PROCOLP

Le nouveau facteur ?

L'homme leur parle dans une langue soufflée par les vents d'est, mais non reconnaissable.

C'est du romanien.

BADINE

Seriez pas Fantoine des fois ?

L'homme parle.

Fantoine !

L'HOMME

Fontoine ?

PROCOLP

Pas Fon, Fantoine !

L'HOMME

Fontoine ?

Tom sort de la cuisine, voit l'homme, se précipite dans ses bras.

Yukel ! Yukel !

Ils s'embrassent. L'homme lui parle longuement. L'enfant lui répond par des signes.

BADINE

Tu vois la même chose que moi, Procolp ?
Je crois que ton nœud papillon fait sensation.
Eh bien quoi, la mère, te voilà toute coite !

PROCOLP

Doit être son père. La même ficelle pour bretelles, le même soulier qui bâille, je te le donne en huit, c'est du gitan aussi.

L'enfant fait des signes à son père qui sourit et fait signe que non.

BADINE

Pas gitan, non.

PROCOLP

Alors c'est du pas loin ! Vous papa Tom ?

L'enfant fait des signes à son père qui sourit et fait signe que oui, et montre Tom en répétant : "Yukel."

Youkel ?

L'HOMME

Yukel !

PROCOLP

J'aimais mieux Tom. Mais puisque c'est Yukel !

BADINE

Et ta mère, Yukel, demande-lui donc de nous dire où elle est.

L'enfant ne bouge pas. Le père demande à l'enfant ce que Badine veut savoir, mais l'enfant se refuse à traduire la question en signes.

Trou noir.

PROCOLP

Et têtu comme je le connais, Badine, tu n'en sauras pas plus. Mais peut-être peut-on savoir pourquoi le papa a laissé son Yukel chez moi ?

L'enfant traduit la question en signes. Le père parle.

BADINE

Madame est satisfaite ?

PROCOLP

Je te ferai dire qu'il a pas fini.

L'homme poursuit son récit. Un long silence. Puis Procolp essuie une larme.

BADINE

Ce qui t'arrive, voisine ?

PROCOLP

Jamais vu un père aimer autant son fils.

BADINE

Et tu pleures ?

PROCOLP

Ça me met en joie. Mais c'est rien, ça va passer.

Le père poursuit son récit.

Son histoire, si tu savais comme elle est triste.

BADINE

Son histoire ?

PROCOLP

Je t'expliquerai après.

BADINE

Non mais dis-moi, depuis quand tu sais l'armanien ?

PROCOLP

Parce que tu te figures qu'il faut toujours savoir pour comprendre. Sans cœur. Regarde-les, les deux, ça ne te suffit pas. Tu ne vois pas combien ils s'aiment !

L'enfant va chercher le fouet, puis multiplie les signes à son père en montrant la Procolp.

BADINE

J'ai comme l'intuition qu'il veut régler son ardoise avec toi, le Yukel.

L'homme se dirige vers la Procolp, la relève, lui serre les deux mains pour la remercier.

PROCOLP

J'ai fait comme j'ai pu.

Il la serre dans ses bras.

C'était bien le moins. Et tout le monde en ville aurait fait comme moi.

Il sort un vieux portefeuille et lui tend un billet. La Procolp le prend mal, refuse le billet, et de colère se met à parler une langue bien à elle. Elle conclut par un "Non mais c'est vrai quoi !" L'homme rit, puis l'embrasse, parle à Yukel et part. Yukel regarde la Procolp et Badine. Puis il ouvre grande la bouche : un vol de canards sauvages en sort et s'envole. Badine et Procolp le suivent des yeux. Quand elles reviennent vers Yukel, il n'est plus là. Un silence. Et alors que Badine ferme le rideau, la Procolp sort son mouchoir.

BADINE

Tu remets ça ?

PROCOLP

J'ai le nez qui coule, tu m'as dit.

7.  dimanche

Le rideau et la tête de Badine dans son halo.

BADINE

Le nez qui coule c'était ça
son Yukel était plus là
elle avait le nez qui coulait
la Procolp l'a essuyé
et voilà ça s'arrête là.

Aujourd'hui épilogue
c'est dimanche déjà
la fin du récit
moi je vous ai tout dit
du moins ce qui était écrit.

Le septième jour le dimanche
celui où l'on repose la tête
la lune a vieilli d'un cycle
et chacun des sept pétales de la rose
ouvre sur un ciel.

Si tout comme moi Badine
vous avez suivi
de ce que vous avez vu
pensez ce que vous voudrez
et côté morale oubliez-moi.

Savoir d'où il vient le gamin
et père et fils où ils sont
et si la mère s'est perdue en chemin

autant de questions
qui vous laissent sur votre faim.

Des sept couleurs de l'arc-en-ciel
la dernière est le blanc
comme la page devant soi
à chacun de la noircir
les trous sont noirs pour ça.

L'AUTEUR

Tout au début, j'étais journaliste au Moyen-Orient mais j'ai su assez tôt que cette activité ne me permettrait pas d'exprimer ce que cet endroit du monde a bouleversé en moi. Alors je me suis tourné vers le théâtre : je mets en scène les pièces de théâtre des auteurs que j'aime. Et je partage mon temps entre la mise en scène et l'écriture de mes propres textes. Pour le jeune public, j'ai déjà écrit avec ma sœur Marie-Claire Le Pavec *Mamie Ouate en Papoâsie.*

Voici aujourd'hui *L'Adoptée* et pourquoi j'ai écrit cette pièce (il faut lire aussi la préface) : je suis né dans une ferme isolée. Une maladie a tué les bêtes, un incendie brûlé la récolte. Ma famille s'est retrouvée dans un petit village, et, parfois, ceux que l'on appelait les "romanos" (les bohémiens) le traversaient. Ils proposaient des paniers d'osier, mais toutes les portes se fermaient et les grandes personnes disaient : "Ce sont des voleurs de poules. Et parfois ils volent les enfants." Bien sûr, ce n'était pas vrai, mais nous avions peur d'eux. J'ai écrit *L'Adoptée* pour que, plus tard, tu ouvres ta porte quand un étranger passe.

J. J.

DU MÊME AUTEUR

Aux éditions Actes Sud - Papiers

Nuit d'orage sur Gaza, 1987.
Le Bourrichon, 1989.
Kiki l'indien, 1989.
Gauche Uppercut, 1991, 1998.
Le Marin perdu en mer, 1992.
Le Condor suivi de Allegria Opus 147, 1994.
Les Dingues de Knoxville, 1998.
Yeul le jeune, 2001.

Dans la collection Heyoka Jeunesse/Actes Sud - Papiers

Mamie Ouate en Papoâsie, 1999.

A l'Ecole des loisirs

Dernier rayon, 1998.

Achevé d'imprimer
en septembre 2013
par l'imprimerie XL Print
pour le compte des éditions
ACTES SUD
Le Méjan
Place Nina-Berberova
13200 Arles

Dépôt légal
1re édition : novembre 2003
N° impression : P056977/00
(Imprimé en France)